LE
MARIAGE
DE L'EMPEREUR.

L'IMPÉRATRICE

DES FRANÇAIS

ET QUELQUES AUTRES POÉSIES POLITIQUES

Par Fortuné ROUSTAN,

Receveur *démissionnaire* de l'Enregistrement et des Domaines,
auteur d'une première brochure se complétant par celle-ci,
et ayant pour titre : *Mes Démêlés avec la police
de Paris à propos de la proclamation*
de l'Empire.

PARIS,

IMPRIMERIE BLONDEAU, RUE DU PETIT-CARREAU, 32.

1853.

LE POT DE FER.

BRISÉ PAR

LE POT DE TERRE.

POÉSIES POLITIQUES.

A SA MAJESTÉ NAPOLEON III,

EMPEREUR DES FRANÇAIS.

—

Quelques explications préalables.

Paris, le 22 février 1853.

SIRE,

Vous êtes la plus haute des intelligences, comme le plus noble et le plus généreux des cœurs : je persiste, en conséquence, à m'adresser à Votre Majesté, espérant obtenir enfin une justice à laquelle je crois avoir des droits incontestables, et que vous seul pouvez me rendre.

Dans une première brochure qui a pour titre : *Mes démêlés avec la Police de Paris à propos de la proclamation de l'Empire*, j'ai fait connaître les *motifs apparents* à raison desquels, après une nuit et une matinée passées à la Préfecture de Police, j'ai été détenu, à *Charenton*, du 23 octobre au 11 novembre 1852, et, à *Bicêtre*, du 11 au 25 du même mois de novembre.

Pour tout homme intelligent, il n'est pas douteux que je n'ai jamais été atteint de la moindre aliénation mentale; aussi, *maintenant que mon intérêt de fonctionnaire public ne m'oblige plus à taire certains détails*, avouerai-je sans hésiter la vérité tout entière.

Au mois de septembre 1851, par suite de *notes reconnues plus tard comme calomnieuses*, mon père, qui, dans l'administration de l'enregistrement et des domaines, exerçait les modestes fonctions de garde-magasin contrôleur du timbre, fut mis à la retraite d'une manière aussi brutale qu'inhumaine. N'ayant pu obtenir la révocation d'une mesure devenue désastreuse pour toute notre famille, je protestai contre cet acte arbitraire, *en renonçant moi-même à mon emploi de receveur de l'enregistrement et des domaines*. Le 8 novembre 1851, je me permis également de faire dire à M. *Lenir*, alors chef du personnel, que, s'il avait du courage, il me rendrait compte, sur le terrain, de mes trop justes griefs; j'ajoutai que je m'occupais de certains écrits ayant pour but de dévoiler au pouvoir les abus séculaires d'une administration qui lui est notoirement hostile, et que j'espérais provoquer, pour 1852, quelques réformes urgentes et indispensables.

Mes propositions de duel, Sire, ayant été travesties en menaces de mort, et mes écrits financiers en diatribes contre votre gouvernement, je fus immédiatement arrêté *comme un conspirateur très-dangereux, et traité comme tel*.

Le concierge de l'administration et le sieur *Damour*, garçon de bureau attaché au service de M. *Lenir*, furent les seuls témoins que l'on entendit. Mon innocence ne tarda pas à être reconnue, puisque je fus relâché au bout de 28 heures passées à la Préfecture de Police; mais les motifs grotesques de mon arrestation ne disparurent point de mon dossier.

Quelque temps après cet incident, je me réconciliai avec mes chefs, qui promirent de jeter sur mon passé le voile du pardon : mais, contrairement à mon attente, et malgré la lettre en sens contraire d'un directeur des domaines dont j'avais été le secrétaire particulier, je fus renvoyé à un simple bureau de début. Je protestai de nouveau contre la sévérité de cette mesure; et, *le 8 août 1852, vous saluant déjà Empereur*, j'osai porter mes justes plaintes jusqu'aux pieds de Votre Majesté, en vous faisant connaître, en même temps, que vous comptiez des ennemis nombreux dans les hauts rangs de l'administration de l'enregistrement et des domaines. Comme on savait que mes allégations étaient parfaitement exactes, on n'eut d'autre moyen, pour en paralyser l'effet, que de me rendre suspect à mon tour, en livrant à la Police un *écrit administratif*, lequel constate que, par suite d'une erreur qui fut commune à bien des âmes généreuses et inexpérimentées, j'avais placé mes espérances dans le socialisme. Or, *c'est précisément à cause de cet antécédent et à raison des intelligences que j'eus à l'administration centrale pendant mes moments de lutte*, que mes affirmations n'en étaient que plus fondées.

Je fus donc *à mon insu*, Sire, surveillé de près par la Police ; et, du moment où je lui étais signalé comme dangereux, elle ne fit que son devoir en ne donnant l'ordre de ma mise en liberté, qu'après s'être bien assurée que je n'étais nullement à craindre.

Du reste, j'ai toujours été un *conspirateur financier et nullement un conspirateur politique*. J'en appelle, sur ce point, au témoignage de l'honorable M. Emile de Girardin, avec qui j'ai eu quelques relations dans les derniers mois de 1851, et auquel j'avais confié une partie de mes manuscrits.

Enfin, Sire, ce qui démontre, jusqu'à la dernière évidence, que ma détention de trente-trois jours n'a été que le résultat d'une méprise, c'est qu'*à ma sortie de Charenton et de Bicêtre, j'ai été, sur ma demande, nommé receveur de l'Enregistrement et des Domaines, avec avancement, à Lorgues, département du Var.* Cette nomination a même été faite *en violation d'une délibération du Conseil d'administration, en date du 3 février 1852,* laquelle porte que je dois être renvoyé à un bureau inférieur.

Ma nomination de receveur, à Lorgues, était donc la juste réparation du préjudice moral dont on m'avait rendu victime. Malheureusement, cette nomination n'a pu dissiper certain préjugé, et je suis aussi à plaindre qu'auparavant.

En vain, ai-je fait remarquer que, d'après le principe que *le crime fait la honte et non pas l'échafaud*, une détention passagère à Charenton et à Bicêtre ne pouvait point, par elle-même et sans faits particuliers à l'appui, servir de preuve de folie. En vain, me suis-je étayé de cette circonstance que des fonctions publiques, que tant d'autres convoitent avec ardeur, ne m'auraient pas été confiées, s'il était resté le moindre doute sur la solidité de ma tête. Le public ne m'en a pas moins considéré comme *une bête curieuse sortie, après guérison, de Charenton et de Bicêtre*, et il a même attribué ma nomination à un sentiment de commisération généreuse. Aussi n'ai-je pu inspirer aucune confiance, et me suis-je trouvé dans l'impossibilité absolue de me procurer le cautionnement de 3,400 francs qui était exigé de moi. Ce dernier fait est constaté par un acte de notoriété dressé par Me Roque, notaire à Draguignan (Var), le 20 janvier 1853. D'un autre côté, un chef compétent pour ces sortes d'affaires, a trouvé, qu'à raison de ce que mon séjour à Charenton et à Bicêtre était connu dans mon pays, *il y avait des inconvénients, au point de vue du service, à ce que je prisse possession de mon bureau.* Ainsi, hommes éclairés et hommes ignorants, ont partagé la même opinion, et sans qu'il y ait réellement de ma faute, je suis devenu, dans les départements, un fonctionnaire public impossible.

Ne voulant point, dès-lors, lasser davantage la patience et la bienveillance de mes chefs, et pensant, d'ailleurs, que je ne pourrais jamais, *par les voies hiérarchiques, pas plus qu'en m'adressant aux tribunaux ordinaires,* obtenir une réparation à laquelle il me semble que j'ai des droits non douteux , j'ai prié M. le Directeur général de l'Enregistrement et des Domaines de vouloir bien me considérer comme ayant renoncé à tout emploi administratif. Ma démission a été acceptée le 2 février 1853. Mais j'ai toujours entendu me réserver de recourir à votre haute juridiction, et c'est pourquoi je me permets, Sire, de faire maintenant appel à vos sentiments d'équité naturelle, en vous laissant apprécier de quelle manière je puis être indemnisé.

Au point de vue politique, mes convictions sont toujours les mêmes. Si la République était possible, je serais encore Républicain : mais la base d'un tel gouvernement, c'est le dévoûment et la vertu, tandis que nous vivons dans un siècle de matérialisme et de décadence. Maintenant donc que je connais les hommes et les choses, je m'écrie hardiment :

> Fi des ambitieux, tristes déclamateurs,
>   Charlatans de la politique ;
> Non, jamais on ne put, sur les débris des mœurs,
>   Élever une République !

Et c'est ainsi que je suis pour l'Empire, parce que l'*Empire, c'est la République* dans ce que celle-ci a de bon et de praticable.

Quant à l'*Orléanisme*, j'en ai toujours, comme employé, combattu la corruption, ce qui m'a valu plus d'une disgrâce : et, en ce qui concerne la *Légitimité*, je la trouve trop inepte et trop rancuneuse, pour m'incliner jamais devant elle !

La police de Paris, Sire, a entre ses mains certains écrits signés de moi, dont j'accepte la responsabilité devant les tribunaux. Je persiste, plus que jamais, dans le contenu de ces écrits, et j'ajoute :

Si je suis fou, faites-moi reconduire à Bicêtre ;

Si je suis coupable, donnez-moi des juges ;

Enfin, si je m'efforce de vous éclairer aux dépens mêmes de mon intérêt personnel, daignez écouter ma timide voix ; car, à vous, *homme providentiel,* je puis le dire avec certitude d'être compris : Eh bien ! il me semble toujours que la Providence me fait un devoir d'arriver jusqu'aux pieds de votre trône !

Après ces explications aussi nettes que sincères, on va publier quelques pièces justificatives.

LE MARIAGE DE L'EMPEREUR,

NOUVELLE PROPHÉTIE AUSSI CERTAINE QUE CELLE DU 9 AOUT 1852 (1).

Paris, 30 janvier 1853.

Moi dont l'âme brûla d'un généreux délire,
Moi qui fus des premiers à saluer l'Empire,
Et qui, pour avoir eu cent mille fois raison,
A mes frais ai mangé le pain de Charenton ;
Moi qui, du peuple entier, trente jours à l'avance,
Annonçai le bon sens, la rare intelligence ;
Moi qui, ne m'inspirant que du feu de mon cœur,
Dis à Napoléon : Tu seras Empereur !
Je lui crie aujourd'hui d'une voix prophétique :
Ta race durera plus que la République,
Plus que l'Orléanisme, et le sang détesté
Qui prend l'orgueilleux nom de Légitimité.
Mais souviens-toi toujours que Dieu, dans sa clémence,
De toi fit l'instrument de sa toute-puissance :
Qu'il forma ta raison par l'exil, le malheur,
Et par l'adversité prépara ton grand cœur.
Celle qu'un heureux choix a faite impératrice,
Des malheureux sera la noble protectrice.
Sur le trône tu viens de placer la vertu ;
Que l'ennemi du Christ bientôt soit abattu,
Et Dieu va te donner une tige féconde,
Afin que ton sang pur, renouvelant le monde,
En bannisse à jamais la triste impiété.
Arrière maintenant, ô Légitimité !
Race que Dieu maudit et frappe de démence,
Qui toujours respirant la haine et la vengeance,
Proscrivis sans pitié mon grand-oncle Ricord (2),

(1) La prophétie du 9 août 1852 est insérée dans une brochure qui a pour titre : *Mes Démêlés avec la Police de Paris, à propos de la proclamation de l'Empire.*

(2) Mon grand-oncle, pendant qu'il était commissaire extraordinaire de la Convention, mit un jour aux arrêts Napoléon Ier, alors simple capitaine, ce qui n'empêcha point ce dernier, devenu empereur, d'apprécier la fermeté de caractère du conventionnel Ricord, et de l'honorer même de son estime et de sa confiance. La légitimité fut, au contraire, inintelligente et impitoyable comme la rancune. Tant il est vrai que les grandes âmes savent seules se montrer et justes et généreuses !

Le tuant, dans l'exil, de la plus triste mort ;
O Légitimité, montre-nous donc ta tige !
Va, c'est bien à dessein qu'un Dieu vengeur t'afflige ;
Une tache de sang est restée à ton front ;
Tu ne revivras point, ce sera ton affront !
Ne le vois-tu donc pas ? Dieu seul te rend stérile,
Dieu repousse à jamais ta race inepte et vile,
Pour avoir des vaincus provoqué les sanglots.
Si tu prétends régner, où sont donc tes héros ?
Fis-tu preuve, du moins, de vulgaire prudence,
En usant, à propos, de pardon, de clémence ?
Et n'as-tu pas versé le sang trop précieux
De l'infortuné Ney, ce martyr glorieux ?
Eh bien ! c'est aujourd'hui que Dieu creuse ta tombe !
Sur l'infâme Caïn le sang d'Abel retombe ;
Dans l'exil s'éteindra la race des Bourbons,
De l'étranger en vain implorant les canons.
Viens donc régner sur nous, ô belle Impératrice !
Du plus noble mortel deviens l'inspiratrice,
Conseille-lui toujours un pardon généreux
Pour des vaincus, hélas ! déjà bien malheureux.
Qu'il se montre toujours le digne fils d'*Hortense* ;
Qu'il ne se venge point : à Dieu seul la vengeance !
Qu'il rende la patrie à ceux que l'on bannit,
Et que le remords seul cruellement punit.
Oui, s'il veut devenir encor plus populaire,
Qu'il fasse une amnistie, et qu'elle soit entière !

Cette pièce de vers, résultat d'une inspiration subite, est celle que l'auteur a essayé de déclamer au jardin des Tuileries, le 30 janvier 1853, vers les quatre heures du soir, en présence de leurs Majestés Impériales. Elles daignèrent lui faire demander, par l'honorable M. de Roman, s'il avait quelque pétition à leur remettre. Il répondit qu'il n'avait eu d'autre but que de se livrer à l'élan enthousiaste de son cœur.

La prophétie du 9 août 1852 n'est point notre œuvre, pas plus que celle du 30 janvier 1853. Le style seul nous appartient : nous ne sommes, en effet, que le secrétaire d'une âme pieuse qui nous a ramené à Dieu, en nous prédisant d'autres faits que nous avons déjà vu se réaliser.

Cette personne qui, par humilité sans doute, désire rester inconnue au monde, et qui, aux pieds des saints autels, ne cesse de prier avec ferveur pour leurs Majestés Impériales, annonce encore, *à la date du 1er septembre 1852*, des événements funèbres devant former les *journées des 9, 10 et 11 septembre 1853*. Elle dit, en propres termes :

« *Une voix va gronder encore bien plus fort,*
« *Pour grand nombre poussant le triste cri de mort !* »

L'auteur de cette troisième prophétie ajoute :

« *Que personne ne bouge, pas même l'Empereur !* »

Il semble donc annoncer une conspiration politique que les honnêtes gens mépriseront, et dont l'insuccès, en prouvant de plus en plus que l'Empereur est réellement protégé par la Providence, consolidera d'une manière définitive le gouvernement actuel.

Enfin, les anathèmes qui sont lancés contre l'Orléanisme et la Légitimité, ne s'adressent qu'au *sang royal*, et nullement aux personnes honorables de ces deux partis. A la dynastie des Bourbons, Dieu entend évidemment substituer celle de Sa Majesté Impériale : une fusion est d'ailleurs impossible ; car, lorsqu'une race dégénère et s'épuise, on doit la laisser s'éteindre, et non penser à la renouveler. Ce que les orléanistes et les légitimistes ont dès lors de mieux à faire, c'est de se rallier franchement au gouvernement de Napoléon III ; et la politique de conciliation qu'il adopte est certainement conforme aux volontés du ciel. L'exemple de l'honorable M. de La Rochejaquelein et de M. le marquis de Pastoret mérite d'être suivi.

Quant à l'*amnistie* qui vient d'être accordée, nous ne pouvons que l'approuver hautement. Qu'il nous soit seulement permis d'exprimer le vœu que, *pour le département du Var,* elle ait lieu sans aucune espèce de réserve ni de condition. Nous venons de visiter nos compatriotes, et nous pouvons garantir qu'il n'y a pas le moindre inconvénient à se montrer entièrement généreux. Soumettre les amnistiés aux formalités de Police, toujours très-blessantes pour l'amour-propre, c'est enlever à l'acte de clémence son plus doux caractère. Qu'une surveillance réelle s'exerce, et qu'on fasse ainsi la part de la prudence ; nous y souscrivons sans difficulté ; mais que cette *surveillance* soit *occulte* et non *ostensible.*

La population du département du *Var* s'est toujours prononcée pour la *République* ou pour l'*Empire.* Reconnaissant que la République est impossible, elle s'est ralliée loyalement au gouvernement actuel : que peut-on dès lors craindre d'elle ? Les manœuvres que l'on doit déjouer sont celles de la *Légitimité* et de l'*Orléanisme ;* car les ennemis de l'*Empereur* sont moins dans les rangs des anciens insurgés, que dans certain monde officiel, lequel, extérieurement, affiche des sentiments qui ne sont pas dans son cœur. Défiance donc de ceux-là, mais clémence entière pour les vaincus : c'est le vrai moyen d'être prudent, et de se faire aimer davantage !

L'IMPÉRATRICE DES FRANÇAIS,

Poésie déclamée par M. Félix Thomas,

AU JARDIN D'HIVER, LE 1ᵉʳ FÉVRIER 1853.

C'est l'ange que la Providence
Destinait à notre Empereur ;
Qu'elle règne donc sur la France,
Qu'elle en assure le bonheur !

Oui, la France avec lui l'admire
Comme un chef-d'œuvre de beauté ;
Sa vue excite le délire,
Son air annonce la bonté.

Elle est aussi douce qu'un ange,
Pure comme le cœur pieux ;
Et cette destinée étrange
Ne fait pas un seul envieux.

Ah ! c'est que par sa modestie
Et par sa touchante pâleur,
Elle plaisait, anéantie
Devant Dieu, notre seul Sauveur.

Partout l'opinion publique
Affirme que le choix est bon ;
C'est de l'Espagne catholique
Le plus illustre rejeton.

Non, ce n'est pas une étrangère,
Elle est Française par le cœur ;
A nous tous elle sera chère
Comme elle l'est à l'Empereur.

Aux pieds des autels elle incline
Un front aussi pur que chrétien,
De la religion divine
Se faisant le noble soutien.

Avec ce regard angélique,
Cette exquise simplicité,
Quel être divin, poétique !
Oh ! que de grâce et de beauté !

Comme elle était intéressante
Par son éclatante blancheur !
Son émotion ravissante
De chacun captivait le cœur.

Il eut, certes, la main heureuse,
Et c'est Dieu qui guida son choix ;
O souveraine gracieuse !
Impose-lui tes douces lois.

C'est par le bonheur domestique
Qu'on fait de l'État le bonheur ;
A l'hymen de la politique
Il préfère l'hymen du cœur !

On se souvient de Joséphine,
De sa grâce et de sa bonté ;
Hélas ! le public le devine :
De l'autre, qu'est-il donc resté ?

O belle et douce Impératrice !
Les Français par toi sont heureux ;
A qui souffre sois donc propice,
Accueille nos modestes vœux.

Bienfaisante et chaste *Eugénie,*
Dieu l'a voulu, règne sur nous ;
Sois longtemps notre bon génie :
Te voir est un plaisir si doux !

Oui, ta race sera féconde
Comme celle que Dieu bénit ;
Tu vas renouveler le monde,
Car c'est le Ciel qui vous unit.

Paris, le 30 Janvier 1853.

Nous ne saurions trop remercier M. Félix d'avoir bien voulu nous fournir le concours désintéressé de son jeune talent. Sa diction élégante et sonore, son maintien digne et convenable, ses gestes pleins de noblesse, ses accents passionnés, ont seuls pu voiler la faiblesse d'une pièce de poésie, qui n'a d'autre mérite que celui d'être l'expression sincère d'un sentiment aussi respectueux qu'universel.

M. Félix possède les qualités de l'artiste : la chaleur de l'âme, la passion du théâtre, une persévérance sans égale, une volonté de fer : travailleur infatigable, observateur profond, ami sûr et dévoué, l'avenir lui appartient incontestablement, et il ne peut tarder de recevoir le prix de ses longues et patientes études.

Paris, le 1ᵉʳ octobre 1852.

LE SUICIDE.

Au prince Louis-Napoléon Bonaparte, personnellement.

Prince, soyez touché de ma rare infortune
Et ne repoussez pas une plainte importune :
Si l'exil désolant, toujours bien rigoureux,
Arracha quelquefois des larmes de vos yeux ;
Si, de bonne heure, hélas ! plus d'un sombre nuage
Voilà votre avenir, et si votre courage,
Toujours persévérant et toujours indompté,
Seul vous fit triompher de tant d'adversité ;
Si Dieu, par une longue et cruelle souffrance,
Voulut vous préparer au trône de la France,
En imprimant d'abord, pour former votre cœur,
Sur votre jeune front le cachet du malheur ;
Oh ! ne me laissez point sans espoir en ce monde,
Et daignez compatir à ma douleur profonde !
J'ai travaillé longtemps et je manque de pain :
Dois-je donc succomber à mon amer chagrin ?
Avant que d'accomplir un triste sacrifice,
Avant que de ma main moi-même je périsse,
Que mon funèbre cri, précurseur de la mort,
Arrive jusqu'à vous par un suprême effort !
Non, non, pour déroger j'ai trop d'orgueil dans l'âme :
Je m'y résignerai, la tombe me réclame.
Comme CHÉNIER, hélas ! je me frappe le front,
Et le désespoir seul à mon appel répond !
Quoi ! mourir à trente ans, quand un peu d'indulgence
Pourrait me rattacher encore à l'existence,

Quand je voudrais servir sous un PRINCE-EMPEREUR ;
Lui démontrer bientôt que j'ai quelque valeur,
Que je suis beaucoup plus financier que poète,
Et que des millions sortiraient de ma tête !
Pour avoir pénétré les secrets du métier,
Pour avoir des écrits tout prêts, sur le chantier,
Faut-il donc qu'aujourd'hui sonne ma dernière heure,
Et que, plein d'avenir, je languisse et je meure ?
Que ne puis-je du moins, PRINCE, faire imprimer
Des manuscrits qu'en vain ils voudraient supprimer,
Et qui prouvent combien leur stérile science
Vous nuit, en amenant un déficit immense !
Leur étude est d'avoir un style assez choisi ;
Mais je sais au Trésor ce qu'il en coûte aussi.
Eh quoi ! d'un écrivain faut-il donc le mérite
Pour percevoir l'impôt tous les jours et bien vite !
N'est-il pas bon surtout d'éviter les lenteurs,
D'éteindre les procès, de punir les fraudeurs ?
Accroître les produits, fi ! c'est de l'accessoire :
Le style est tout pour eux, c'est leur unique gloire.
Mes calculs sont tout prêts ; eh bien ! en chiffres ronds,
Par an ils vous font perdre ainsi *dix millions !*
Que vous importe alors cette littérature
Que va bientôt couvrir une poussière impure ?
Avec cet or perdu, que de bien vous feriez,
Et que de malheureux que vous soulageriez !
. . . .
. . . .
L'inexorable faim et sa lente agonie,
De mes nuits sans repos la fiévreuse insomnie,
Paralysent ma plume et glacent ma vigueur.
Oh ! mourir, ô mon Dieu, quand on sent sa valeur !
PRINCE, PRINCE, en pitié prenez donc ma souffrance,
Rendez-moi l'avenir, rendez-moi l'espérance !
Non, non, si jeune encor je ne veux point mourir,
Car je veux vous aimer, car je veux vous servir.
A travers mon angoisse, à travers mon délire,
J'entends des cris bruyants, on proclame l'Empire,
Et je veux voir encor luire cet heureux jour,
Pour que mon dernier chant soit un hymne d'amour !...

Cet hymne d'amour, ce fut la proclamation anticipée que nous fîmes de l'Empire, proclamation dont nous avons rendu compte dans la brochure intitulée : *Mes Démêlés avec
la police de Paris.*
Pour donner une idée de l'intelligence de MM. les médecins *insanistes*, et des lourdes
et irréparables erreurs qu'ils commettent journellement, nous dirons que M. le docteur
attaché à la Préfecture de Police, après avoir pris connaissance de cette pièce de vers, a
cru, *de très-bonne foi*, que nous étions atteint, ainsi qu'il nous le dit lui-même, de la plus
triste des folies : *de la monomanie du suicide.* Voilà donc ce que l'on gagne à tomber
entre les mains de personnes athées, ou tout au moins matérialistes, lesquelles n'ont ni
religion dans l'âme, ni poésie dans le cœur : pour toute vengeance, nous les engageons

purement et simplement à relire nos vers avec attention, surtout les derniers. Nous nous trouvions dans une situation désespérée, sans doute, et c'est précisément parce que *nous ne voulions pas mourir*, que nous exposions notre détresse au chef auguste de l'État ; l'administration dont nous faisions partie, et à laquelle nous nous étions adressé d'abord *à diverses reprises*, nous ayant laissé en proie *aux horreurs de la faim* et à toute l'amertume du désespoir, *malgré notre profond repentir et bien que nous eussions fait acte de soumission complète.*

Pendant que nous souffrions ainsi, nous fîmes la rencontre d'un de nos compatriotes qui se trouvait également sans ressources. Mettant les lois de la faim et les inspirations de la charité au-dessus des règlements de Police, et quoique non pourvu d'autorisation, nous fîmes vendre sur la voie publique, par notre compagnon d'infortune, et pour venir à son secours, quelques exemplaires de nos écrits. Il put ainsi apaiser sa faim. Cet individu est le fils d'un engagé volontaire, devenu capitaine-adjudant-major sous l'Empire. A raison des services honorables de son père, il est véritablement digne d'intérêt ; sa position est toujours des plus malheureuses. Il demeure à Paris, rue Neuve-des-Mathurins, 76, et s'appelle Jean-Martin Abrachy.

On nous envoya, du reste, à Charenton sur les motifs les plus contradictoires : tantôt parce que nous étions exalté, tantôt parce que nous étions atteint de mélancolie ; mais si nous étions exalté, nous n'étions pas triste, et si nous étions triste, nous ne pouvions être exalté ; car si l'exaltation surexcite, rien n'abat et ne démoralise comme la mélancolie.

En admettant même que nous eussions un peu de tristesse dans l'âme, (ce qui malheureusement n'était que trop vrai), il est assez plaisant que, pour nous en guérir, on nous ait enfermé dans le funèbre séjour de la folie et du désespoir. O dérision, dérision amère !

Dans tous les cas, pourquoi la science insano-médicale, malgré nos mordantes interpellations, garde-t-elle un silence obstiné? Hélas, pauvre science basée sur l'impiété, pauvre science aussi ridicule qu'inhumaine, c'est que tu n'es que trop convaincue d'impuissance, c'est que tu crains la lumière du grand jour et de la discussion! Eh bien ! quoi que tu puisses faire, nous saurons déjouer tes honteuses manœuvres, et, en dévoilant ton charlatanisme odieux, nous obtiendrons enfin une tardive mais éclatante justice!

Il est encore une circonstance que nous ne devons point taire. Quand nous fûmes interrogé par M. le médecin de la Préfecture de Police, (et ce fait s'est passé en présence d'un employé du nom de Ribaud), pendant notre interrogatoire, disons-nous, nous avouâmes avec ingénuité, que le 16 Octobre 1852, au moment où, sur le boulevart Poissonnière, nous aperçumes sa Majesté Impériale accueillie, à son retour des départements, par les sympathies les moins équivoques, la commotion électrique de l'enthousiasme fit aussitôt tressaillir nos nerfs, et qu'il nous sembla qu'une voix céleste nous disait en désignant l'Empereur : « *Voilà celui que j'ai entouré de mes prédilections, et qui, sur la terre, sera le noble représentant de la justice.* » Dans cette vision, *qui fut très-réelle, et qu'on ne doit peut-être attribuer qu'à une sympathie profonde*, M. le docteur crut reconnaître un commencement d'aliénation mentale, ce penchant à l'enthousiasme annonçant, selon lui, un dérangement dans le cerveau.

Nous répondrons à M. le médecin-aliéniste, que lorsque notre tête se monte jusqu'au délire, c'est, du moins, pour des objets ou des personnes dignes d'admiration, et que ce n'est qu'à de très-rares intervalles que cela nous arrive. Ainsi, pendant une année de séjour à Paris, nous nous sommes engoué de trois figures d'homme et de deux figures de femme. L'une de ces femmes a été désignée dans une autre brochure ; quant à la seconde, le respect seul nous oblige à ne point la nommer. Les trois figures d'homme sont celles de *Sa Majesté Impériale*, de M. *Émile de Girardin*, et de M. *le comte Siméon*, sénateur. Sur la première figure, déjà devenue historique, tout détail serait superflu. M. Émile de Girardin ne nous était connu que comme écrivain; mais la finesse de ses traits et ce regard perçant qui, comme celui du génie, semble scruter jusqu'au fond de votre âme, nous impressionnèrent profondément. M. le comte Siméon nous captiva par la franchise de son intelligente et belle physionomie, par la distinction de ses manières et par la noblesse de ses procédés.

A Charenton et à Bicêtre, nous avons vu beaucoup de figures d'imbéciles, mais nous le déclarons formellement, nous ne nous sommes enthousiasmé pour aucune d'elles, pas même pour celle de M. le docteur Calmeil ! Chez M. le docteur Moreau, nous avons reconnu, toutefois, un tact exquis, beaucoup de patience et d'affabilité, et un dévouement très-réel pour les malheureux confiés à ses soins. Quelle énorme différence entre lui et son collègue ! L'un n'a que de la science et de la dureté, l'autre possède toutes les qualités de l'esprit et du cœur ; l'un intimide et torture ses malades, l'autre les fait sourire et les guérit : qui donc ne préfèrerait pas ce dernier !

AU PRINCE LOUIS-NAPOLÉON BONAPARTE,

PERSONNELLEMENT.

1° Mes justes plaintes; 2° Pour avoir DIX MILLIONS *de plus par an, il faut, dans les départements et surtout à Paris, épurer l'Administration supérieure de l'Enregistrement et des Domaines.*

Paris, 2 octobre 1852.

Oui, dussé-je avoir faim à me ronger le poing,
Sous leur injuste arrêt je ne fléchirai point (1) !
Je compte trop sur Dieu, vengeur de l'innocence,
Pour ne pas mépriser leur obscure puissance,
Leurs titres usurpés et leur règne d'un jour.
A des hommes sans cœur je ne fais point ma cour;
Mais je les poursuivrai des traits de la satire,
Leur jetant à la face un dédaigneux sourire.
Mon oncle me disait que, sous Napoléon,
Le faible, l'opprimé, quand il avait raison,
Obtenait tôt ou tard éclatante justice.
Règne heureux, à la France, oh! que tu fus propice !
A de sots règlements on n'était point rivé;
Le mérite inconnu n'était pas entravé,
Et tout ce qui brûlait de quelque noble flamme
Trouvait, dans l'Empereur, un écho de son âme.
Prince, permettez donc qu'une dernière fois
J'élève jusqu'à vous ma suppliante voix.
D'un malheureux soyez l'appui, la providence;
Vous-même écoutez-moi, c'est ma seule espérance :
Si je ne tire point du pain de mon cerveau,
Je dois me résigner à descendre au tombeau !
Mourir comme Gilbert ou comme Malfilâtre !
Administration incapable et marâtre,
Je dis, car c'est mon droit, je dis tout haut : J'ai faim,
J'ai travaillé gratis, tu me dois donc du pain !
Eh quoi ! si jeune encore, il faut que je périsse !
Et lorsque je pourrais mettre à votre service
Intelligence, zèle, ardeur et dévouement,
Prince, dois-je subir leur lâche châtiment?
De quoi m'accusent-ils? Quel peut être mon crime?
Leur incapacité vous conduit à l'abîme,
Leurs règlements nombreux ne savent qu'embrouiller,
Ils opèrent si mal qu'autant vaut gaspiller.
L'Administration que l'on nomme *centrale*,
Dans peu de temps devrait rendre son dernier râle.
Là surtout est le mal; mais, pour la réformer,
Il faudrait en entier, Prince, la transformer,

Effacer bien des noms de son impure liste,
Empêcher qu'au Pouvoir elle seule résiste,
Et que, se donnant trop des airs de potentat,
Elle soit elle-même un État dans l'État (2).
C'est un corps impuissant, à doctrine funeste ; (3)
Vous expulsez un chef, mais le principe reste (4) :
Depuis quatre-vingt-neuf, même tradition ;
Embrouiller, embrouiller, c'est toujours leur leçon (5).
Malheur à qui de nous se sent quelque mérite !
Il serait écrasé sans pitié, vite, vite,
S'il osait proposer de tout simplifier :
Car on dirait de lui qu'il gâte le métier.
Plus d'une place, alors, qui n'est pas nécessaire,
De l'oisif protégé n'étant plus le salaire,
Le travailleur aurait un brillant avenir
Et le Trésor verrait ses recettes grossir.
Allez donc, imprudent, sur ce pied leur écrire !
A leur haine bientôt servant de point de mire,
Ils vomiront sur vous leur malédiction,
D'autant plus exécré que vous aurez raison.
Chez eux, aussi, chez eux point d'initiative,
Et des départements tout au plus leur arrive
Ce que les directeurs daignent leur envoyer.
Mais combien qui, tremblant d'aller se fourvoyer,
Étouffent le travail à peine à sa naissance,
A leurs inférieurs commandant le silence !
L'impôt coule, en leurs mains, dans un crible percé ;
Dix millions par an ont bien vite passé !
Et vous, dont la critique est le principal rôle,
Et qu'on devrait encore envoyer à l'école ;
Vous ne savez plus rien, vous errez lourdement,
Approuvant ou blâmant, mais sans discernement.
Quoi ! vous plaidez toujours ; mais c'est agir en ânes !
L'essentiel serait d'empêcher les chicanes,
D'accroître des produits sainement dirigés,
De s'abstenir surtout de droits surexigés ;
Car je puis vous le dire, ici, sans hyperbole :
Combien de malheureux que l'on gruge et qu'on vole !
Que de riches aussi qui ne vous donnent rien,
Dans votre oisiveté trouvant leur seul soutien !
On le démontrera : presque tous incapables,
De vos sots règlements toujours inséparables,
Vous brisez à dessein l'employé travailleur :
Les choses n'allaient pas ainsi sous l'Empereur (6) !
Ah ! puisque le Trésor a besoin de ressources,
Des impôts établis laissons couler les sources ;
Ne les tarissons point par de criants abus.
Leur purisme inutile et leur esprit obtus,

Leur style travaillé, leur paperasserie,
Sont ruineux autant que leur pédanterie !
Ils font bien quelquefois des phrases de bon goût
Qui nous reviennent cher, car j'en sais, moi, le coût ;
Mais là se borne aussi leur stérile science :
Or, il faut de l'argent, et non de l'élégance !
Tel receveur zélé, digne d'un meilleur sort (7),
Pour n'avoir point poli son modeste rapport,
Languit dans un bureau, se plaint, se décourage.
Hélas ! s'il avait su comment l'Aréopage
Qui juge de trop loin, parfois à contre-sens,
Allait tout éplucher, même jusqu'aux accents,
S'arrêtant, avant tout, à des vices de forme
Qui, néanmoins, n'ont rien de grave ni d'énorme ;
S'il avait pu prévoir que le mot : « *Précité*, »
Quelque français qu'il soit, par eux serait noté
Comme manquant de goût, de tact et de finesse,
Et que c'est pour si peu qu'en arrière on le laisse :
Certe, il se fût servi des mots : « *Dont il s'agit*, »
Puisque ces mots plus lourds satisfont leur esprit (8).
Je veux en convenir, la forme était mauvaise,
Car Peyron écrivait d'un seul jet, à son aise :
Il allait droit au but et par un court chemin :
Ah ! faites comme lui ; fi de votre burin !
Les mots : *dit* et *susdit*, soit, qu'on les répudie.
L'essentiel, pourtant, c'est que l'on expédie !
Or, Peyron recevant le public tout le jour
Et devant contenter l'un l'autre, tour à tour,
D'un rapide travail s'était fait l'habitude,
Et le style choisi n'était point son étude.
C'est bien à tort, Messieurs, que vous le critiquez :
Il atteignait son but, mais vous, vous le manquez.
Dans les Directions les affaires languissent,
Vos dossiers négligés de vétusté pourrissent,
Tant vous vous pressez peu pour y mettre la main !
Et, sans NAPOLÉON, en verrions-nous la fin ?
N'a-t-il donc pas fallu que son puissant génie
Affranchît le Public de votre léthargie,
Et que, par un décret décentralisateur*,
Il se passât de vous et de votre lenteur !
Du Terrain de l'État pour vendre une parcelle,
Vous employiez dix ans, tant vous aviez de zèle,
Tant vous saviez toujours compliquer, obstruer.
Et dans vos doux loisirs vivre sans vous tuer !
Avez-vous bien compris l'immense préjudice
Qu'au Trésor vous portez ? Quel dégoûtant service !
Quant arrivait enfin l'Autorisation,

* Décret du 25 mars 1852, (Bull. des lois, 508 n° 3855).

L'acquéreur reculait, et c'est avec raison :
Las de tant de retards, le cœur rempli de bile,
Il transportait ailleurs une industrie utile,
Pleurant peut-être, hélas, (pour avoir attendu),
Son avenir manqué, son pauvre argent perdu (9).
Dans les Directions tant d'objets en souffrance
Accusent votre zèle et votre intelligence :
Les chefs, surtout, les chefs ne sont pas surveillés,
Eux qui mériteraient d'être bien étrillés (10).
Ah ! faites un peu moins de paperasserie,
Un peu moins de police et de tracasserie;
Au lieu de taquiner, dirigez ; en un mot,
Ce qu'on attend de vous, c'est d'accroître l'impôt.
Quand un corps tout entier se trouve aussi difforme,
N'est-il donc pas permis d'appeler la réforme ?
Tel est le seul motif d'une inique rigueur :
Oui, c'est là mon vrai crime, et je m'en fais honneur !
J'en ai commis un autre : hélas ! mon pauvre père,
Tué par le chagrin, tué par la misère,
Pour ressource n'avait que son modeste emploi.
Un chef le calomnie, et, pour je ne sais quoi,
A soixante-quatre ans il passe à la retraite !
Moi-même je faillis en perdre aussi la tête.
La douleur m'égara ; je vins étourdîment
Menacer de hauts chefs d'un prochain châtiment :
Car, lorsque l'injustice était notoire et claire,
Je croyais que du ciel ils craindraient la colère.
Et nous, que leur arrêt venait de ruiner,
Comment, hélas ! comment ne point s'en chagriner !
A mon père ils avaient donc enlevé sa place,
Et me voilà compris dans la même disgrace !
N'étaient-ce pas assez de larmes, de malheurs,
Et fallait-il encor ce surcroît de douleurs !
Pour un tort si léger, n'est-ce pas ridicule
D'exiger que ma main reçoive leur férule !
Sur mes trente ans plutôt s'étende le cercueil,
Car de *Rousseau* je sens en mon cœur tout l'orgueil (11)!
PRINCE, PRINCE, en vous donc est mon espoir suprême,
Vous qui de l'Empereur aurez le diadème,
Vous que l'adversité sut former comme moi,
Et qui n'entendrez point ma plainte sans émoi !
Oui, qu'avant de descendre au fond du précipice,
Le cri de ma douleur jusqu'à vous retentisse !
Je souffre horriblement, je souffre de la faim,
Et pourtant je vous dis : *Justice et non du pain* (12)!...

Notes et Développements.

(1) En style de métier, cet arrêt s'appelle une *délibération du conseil d'administra-tion*. Le conseil est composé du *directeur général*, président, avec voix prépondérante,

et de *trois* chefs principaux, connus sous le nom d'*administrateurs*. Les délibérations sont prises *secrètement, en l'absence du prévenu et sans même qu'il ait pu présenter sa défense par écrit.* L'instruction de l'affaire se fait par l'entremise des *directeurs* ou chefs de service dans les départements, lesquels directeurs s'entourent ordinairement de renseignements qu'ils font recueillir par les *vérificateurs*, autres préposés placés sous leurs ordres; en sorte que si l'employé inculpé a eu le malheur de déplaire à l'un de ces Messieurs en ne voulant point se plier à tous leurs caprices, il verra ses fautes les plus légères converties en crimes abominables.

Le tribunal administratif est donc un *tribunal occulte* qui, à son insu, se fait le complice de vengeances particulières, et qui, en outre, par cela seul qu'il opère dans l'ombre, se trompe tous les jours sans qu'il y ait la moindre mauvaise intention de sa part.

Qu'il laisse aux prévenus la latitude de la défense, *au moins par écrit*, et ces inconvénients disparaîtront bien vite; car *un tribunal occulte, en plein dix-neuvième siècle, est une véritable honte!*

(2) Jusqu'à ce jour, l'administration centrale de l'enregistrement et des domaines s'est arrogé un privilége exorbitant : Elle prétend que le pouvoir n'a pas le droit de choisir, *exceptionnellement*, des chefs de service non portés sur ses cadres, et elle voudrait réserver, *en fait*, à elle seule, la nomination aux emplois administratifs. Elle s'appuie, à cet égard, sur des règlements plus ou moins ineptes et elle allègue des inconvénients qui ne sont qu'imaginaires.

C'est ainsi que l'Empereur, alors président de la République, ayant, par un décret du 27 septembre 1851, appelé M. Bricon-Lagny aux fonctions de directeur de l'enregistrement et des domaines de 2e classe à Orléans (Loiret), l'administration dont il s'agit s'empressa de fournir, aux journaux de l'opposition, la matière des pitoyables critiques qui furent publiées.

Or, il est évident que le chef de l'État a le droit, *sous sa seule responsabilité et pour encourager de nobles dévouements, de s'écarter quelquefois de la hiérarchie ordinaire.* Lui contester ce droit, c'est le mettre dans l'impossibilité de récompenser le mérite; car le mérite ne peut marcher du même pas que la médiocrité. De telles exceptions, pourvu qu'elles ne soient point fréquentes, ne présentent, dès lors, aucun inconvénient sérieux; tandis que les nominations dont l'initiative appartient à l'administration de l'enregistrement, sont, on ne peut plus mauvaises. Pendant quinze mois de lutte et d'opposition, on n'a rencontré, en effet, parmi les hauts chefs de cette administration orgueilleuse, *pas un seul homme réellement supérieur.* Presque tous les chefs de département sont, en outre, *indolents* ou *incapables*, et le Trésor perd ainsi chaque année des sommes énormes.

(3) Au lieu de faire de l'impôt, il ne fait que de belles phrases inutiles qu'on devrait enterrer en criant : *Paperasserie, paperasserie, paperasserie!* Le travail réellement productif émane des employés inférieurs, et ce sont précisément ces travailleurs aussi modestes qu'infatigables, qui sont les moins récompensés.

D'un autre côté, en s'appesantissant, pour les découvertes de droits soustraits au Trésor, sur les bureaux qui offrent peu de ressources, et en passant légèrement sur ceux dont les ressources sont immenses, il en résulte qu'on demande beaucoup à ceux qui ont peu, et peu à ceux qui ont beaucoup. N'est-ce pas agir au rebours du bon sens et de la raison?

Que ne nous est-il donc permis d'entrer dans des détails! car nous avons, en manuscrit, des critiques plus complètes et plus sérieuses que nous publierions, si Sa Majesté Impériale daignait nous y autoriser !

(4) Allusion concernant M. Lenir, ancien chef du personnel, qu'on a écarté de l'administration centrale d'une manière polie, en le nommant directeur de l'enregistrement et des domaines à Quimper (Finistère).

(5) Les préposés de l'enregistrement et des domaines sont obligés de consulter et de combiner tous les jours *près de quatre mille instructions générales et circulaires, entassées successivement les unes sur les autres, sans méthode et sans vue d'ensemble.* Or, comme ces instructions et ces circulaires s'abrogent et se modifient sur divers points et ne sont jamais refondues, il en résulte que l'on perd un temps immense pour traiter les moindres affaires, et que là où, avec des règlements bien faits, il faudrait tout au plus une heure de travail, des journées entières ne sont pas même suffisantes.

A l'*administration centrale, les attributions étant divisées*, il serait facile d'opérer la refonte des circulaires de toute nature et des instructions générales, et d'établir ainsi, pour chaque matière, un guide clair, sûr et précis. Mais, alors, si l'on avait un fil pour se reconnaître dans le labyrinthe de la fiscalité, que ferait-on de plusieurs chefs inutiles ou fort peu laborieux ? Il vaut beaucoup mieux, sans doute, qu'ils soient maintenus, que le service soit enchevêtré, et que les finances de l'État soient livrées à l'arbitraire le plus complet et à l'incapacité la plus notoire.

Si l'on qualifiait nos idées *d'utopie*, nous répondrions : Vous avez fait une instruction générale sur le *paiement des frais de justice*, une instruction générale sur les *dépenses du ministère des finances*. Ce que nous proposons, *d'accord avec tous les employés intelligents*, n'est ni plus difficile ni plus compliqué.

(6) *Au point de vue politique*, l'Administration de l'Enregistrement et des Domaines exige aujourd'hui de ses préposés la plus grande réserve, et *elle verrait de mauvais œil qu'on se prononçât ouvertement, même en faveur de Napoléon III.* Elle prétend que ses employés ne sont pas des agents politiques, et que la prudence seule leur commande de rester neutres. Aussi est-elle très-disposée à servir tous les gouvernements passés, présents et futurs. : d'abord la *République*, puis l'*Empire*; ensuite, si la chose n'était pas impossible, la *Légitimité*, l'*Orléaisme*, et même les *régimes innommés et barbares*.

Malheureusement, quand il s'est agi de gouvernements autres que celui de Napoléon III, cette jurisprudence n'a pas toujours été la même : ainsi, nous avons entre les mains les originaux de deux circulaires adressées, en vertu d'ordres supérieurs, par un chef de service de département, à tous les préposés de son ressort. Dans l'une de ces circulaires, *on applaudit à la chute de l'Empire, et l'on accueille nos ennemis comme des libérateurs.* L'autre document *contient des invitations, sous peine de disgrâce, à voter et à faire voter pour la Légitimité.* L'Administration des Domaines ne s'est donc montrée tiède que pour le Gouvernement impérial; or, cette tiédeur recèle une hostilité secrète dont la cause est facile à comprendre.

Napoléon Ier avait imprimé à toutes les administrations une impulsion vigoureuse ; il savait discerner et récompenser le mérite, mais il exigeait qu'on travaillât sérieusement et qu'on fût à la hauteur de ses fonctions. Depuis lors, les abus, l'incapacité, l'indolence et le gâchis se sont introduits dans le monde financier ; ce n'est plus le chef de l'Etat qui dicte la loi, ce sont les bureaucrates ; et comme Napoléon III marche sur les traces de son oncle, on redoute sa main intelligente et sûre, on craint de perdre des priviléges dont on s'est fait une douce habitude, et l'on s'accommoderait beaucoup mieux du régime des rois fainéants et des maires de palais.

(7) M. Peyron, à la résidence du Beausset (Var). Cet employé, qu'on n'a pas jugé apte aux fonctions de *vérificateur*, sous le prétexte que son style laisse à désirer, n'entend nullement se plaindre de ses chefs, et il ne nous a même fait aucune confidence. Nous n'en persistons pas moins à penser que la décision prise à son égard est aussi absurde qu'inique. Or, de tels faits se renouvellent tous les jours.

(8) L'administration centrale attache, à la perfection du style, une importance ridicule, ou, du moins, elle a le tort de prendre l'ombre pour la réalité, et de sacrifier le principal à l'accessoire. Si un avoué demandait à son client mille francs pour frais ordinaires d'un procès, et deux mille francs de complément pour la peine extraordinaire que cet officier public aurait prise de polir ses phrases, d'arrondir ses périodes, et d'en élaguer avec soin tous les termes de pratique, tels que : *dit, susdit, précité, prémentionné, sustranscrit, susénoncé*, etc., le client serait en droit de répondre : « Je me « suis adressé à vous comme homme d'affaires et non comme littérateur ; gardez, dès « lors, pour votre compte, les phrases élégantes et les périodes pleines d'harmonie ; mon « oreille ne peut même en sentir le charme, et ma bourse a besoin de ménagements. Voilà « donc les mille francs qui vous sont légitimement dus ; quant au reste, veuillez vous « adresser, pour le paiement, aux amateurs de la belle littérature. »

Eh bien ! l'Administration de l'Enregistrement et des Domaines agit d'une manière aussi peu judicieuse. Elle pose en principe que le meilleur employé n'est pas celui qui, appliquant la loi fiscale avec sagacité, sait le mieux faire fructifier l'impôt et dérouter la fraude ; *elle ne juge du mérite que par le style* ; et comme un style élégant demande beaucoup plus de soins que celui dans lequel, à raison de l'utilité du travail et de l'instruction rapide de l'affaire, on devrait tolérer quelques négligences, il en résulte, *en pratique*, que les employés ambitieux, ne s'exerçant qu'à se former un style choisi, s'occupent fort peu de la recherche des droits soustraits au Trésor, et laissent les instances traîner en longueur, quand ils ne trouvent pas le moyen de s'en débarrasser à tout prix.

Enfin, l'administration de l'Enregistrement ne peut faire un pas sans avoir la plume à la main : aucune affaire ne se prépare au moyen d'une discussion verbale ; tout s'y traite par correspondance, et l'on a ainsi des dossiers interminables. Quand Sa Majesté Impériale veut conduire de loin une négociation compliquée, comment en viendrait-elle à bout si, au lieu d'envoyer en parlementaires des ambassadeurs intelligents et des aides-de-camp résolus, elle se bornait à entasser rapports sur rapports, et à expédier par la poste des kilogrammes de papier inutile? C'est ainsi néanmoins que l'**Administration de l'Enregistrement** opère. Pour corriger cet abus, que l'on supprime donc beaucoup d'inspecteurs parasites, et *que l'on crée des inspecteurs généraux de l'Enregistrement et des Domaines*, qui, aides-de-camp et parlementaires du monde fiscal, mettent l'Administration centrale en communication rapide avec les départements, et activent la conclusion des affaires. Dans le gouvernement, on sent la main intelligente et vigoureuse de l'homme supérieur. Dans le monde financier, on ne voit, au contraire, que la main inerte et peu sûre de l'inepte bureaucratie! Quelle prodigieuse différence!

Nous ne contestons point, à l'*administration centrale* de l'Enregistrement et des domaines, l'élégance du style ni la supériorité des lumières. Nous l'accusons seulement d'écraser les employés inférieurs de beaucoup de détails d'une utilité fort contestable, ou qui ne deviennent nécessaires que par suite d'une fausse direction imprimée au service. Nous l'accusons aussi d'être, *en général, fort peu laborieuse, de créer à dessein des difficultés pour qu'aucun pouvoir ne puisse pénétrer ses mystères ni, par suite, empêcher ses abus, de résister avec intention aux réformes les plus rationnelles, et de s'approprier bien des fois le mérite du travail des autres*. Se faire tirer le marron du feu et avoir l'air ensuite de retoucher le style en changeant quelques mots ou quelques phrases, en mettant à la fin ce qui est au commencement, et au commencement ce qui est à la fin, ce n'est certes ni bien méritoire, ni bien difficile. C'est pourtant ce qui a lieu tous les jours.

Pour couper court et bien vite à cette pédanterie ridicule, qu'on fasse imprimer un formulaire du style administratif, contenant, par nature de matières, des modèles de *lettres, rapports et mémoires;* et la forme ne passera plus avant le fond, et les affaires seront expédiées avec la célérité convenable, et l'employé travailleur ne sera plus repoussé sous les prétextes les plus futiles. On a un formulaire du notariat, un formulaire de procédure, pourquoi n'aurait-on pas un formulaire de l'Enregistrement et des Domaines? L'Administration possède, à cet égard, tous les matériaux désirables, résultat d'une expérience presque séculaire. Avec de la bonne volonté, rien ne serait plus facile que de coordonner ces matériaux et de les réunir en un vo'ume, précédé de quelques observations indispensables! A l'œuvre donc, messieurs de l'Administration centrale, à l'œuvre! *Trêve à votre ruineuse paperasserie;* et, au lieu d'embarrasser le service par des *difficultés intéressées* et dont vous réservez la solution à vous seuls, soyez moins sévères envers vos inférieurs, un peu plus envers vous-mêmes, dépouillez-vous de certain charlatanisme traditionnel, et apportez, dans votre travail, tout le zèle et toute la *sincérité* que vous ne cessez de recommander aux autres.

(9) C'est ainsi qu'à *Toulon*, département du Var, des particuliers qui s'adressaient au Domaine pour obtenir l'autorisation d'établir des bains sur le rivage de la mer, ou de s'y livrer à toute autre industrie, ne pouvaient jamais arriver à une solution quelconque.

A *Cannes*, même département, la vente des terrains domaniaux usurpés était toujours ajournée, au préjudice des tiers détenteurs qui, n'ayant pas un titre régulier et étant obligés de vendre à cause de leur position gênée, ne pouvaient faire dès lors que des marchés très-nuisibles à leurs intérêts.

Plus d'une fois aussi, ces retards étaient désastreux pour le Trésor public, en faisant perdre des occasions favorables pour la vente et en amenant une dépréciation notable dans la valeur des terrains à céder.

(10) Les chefs dont on entend parler sont ceux de l'administration centrale, et spécialement les *directeurs de département*.

Quand des préposés inférieurs, des receveurs de l'enregistrement, par exemple, commettent la moindre négligence, *vérificateurs, inspecteurs* et *directeurs*, ne cessent de les harceler et de les rappeler au sentiment de leurs devoirs. On est, à leur égard, minutieux et sévère jusqu'à la vexation la plus odieuse. Et cependant il ne s'agit, bien des fois, que de sommes fort minimes.

Les *directeurs*, au contraire, qui sont investis d'un pouvoir exorbitant et d'un droit de censure toujours redoutable par cela seul qu'il s'exerce en secret, les *directeurs*, aux mains desquels sont confiés des intérêts extrêmement graves, ne sont soumis à aucun contrôle sérieux et ont pleine latitude pour l'arbitraire. Il en est qui, pour favoriser certaines personnes, *imposent à leurs inférieurs des perceptions évidemment contraires à la loi.* D'autres laissent accumuler le travail et dorment tranquillement, malgré des arriérés fort répréhensibles dont les *inspecteurs des finances* ne s'aperçoivent même pas, tant ces derniers sont peu capables! Cela n'est pas étonnant, car les *directeurs des domai-*

nes ne pourront jamais être utilement surveillés que par d'autres chefs sortis de leurs rangs. Au-dessus des *directeurs*, il devrait donc y avoir des *inspecteurs généraux de l'enregistrement et des domaines*, choisis parmi les *directeurs* les plus instruits, les plus laborieux, les plus expérimentés, et même parmi les employés inférieurs qui feraient preuve d'une intelligence exceptionnelle. Mais, dans ce cas, il serait nécessaire qu'on pût arriver directeur à l'âge de quarante ans, et non de cinquante. Les directeurs actuels sont *presque tous ou indolents ou décrépits;* et quand on administre si mal, on ose critiquer des nominations faites par Sa Majesté Impériale elle-même! Quelle audacieuse témérité, et quelle ridicule usurpation de pouvoir!

Il conviendrait également d'assurer l'indépendance des *employés inférieurs*, car il est souverainement absurde qu'ils soient *accusés secrètement, au moyen de notes quelquefois calomnieuses, et que leur avenir dépende du caprice d'un seul homme, jugeant toujours à huis-clos.* Aussi, quand cet homme-là prescrit des choses injustes, malheur à l'employé consciencieux qui aura le courage de lui résister! Il est impossible que, tôt ou tard, il n'ait pas à se repentir de son action généreuse; et c'est ainsi que l'impôt continuant de se perdre, le gouvernement, aux abois, ne cesse de recourir à l'intervention du législateur, quand il devrait seulement empêcher des abus qui tarissent dans leur source les revenus publics.

(11) C'est pour nous punir de cet orgueil que Dieu a permis que nous fussions détenu dix-neuf jours à Charenton et quatorze à Bicêtre. Là, nous sommes devenu modeste; mais nous avons appris en même temps à nous moquer avec raison des médecins insanistes et de la futilité de leur science. Ce sont, en général, des athées ou des matérialistes plus fous que ceux qu'ils prétendent guérir, et qui, n'entendent rien aux sublimes mystères de l'âme, ont le plus grand besoin que Dieu les éclaire!

(12) Un honorable commissaire de police de Paris a trouvé que cette persistance à vouloir arriver jusqu'à l'*Empereur*, était une *idée fixe dénotant chez nous de l'aliénation mentale.* Quand on ne peut obtenir justice par les voies ordinaires, n'est-il pas permis de s'adresser au chef de l'État, et, pour dernière juridiction, à Dieu lui-même? Les imbéciles seuls se découragent; les âmes fortes persévèrent et arrivent à leur but. Sa Majesté Impériale n'a-t-elle pas réussi en adoptant ce principe, et avons-nous été bien coupable de prendre un aussi bon modèle? Nous la rendons juge de ce cas aussi exceptionnel que nouveau!

RÉSUMÉ DE NOS CRITIQUES FISCALES.

Moyens certains d'augmenter de dix millions au moins, par an, les produits de l'Enregistrement et du Timbre, sans avoir besoin de recourir à l'intervention du législateur.

1° Simplifier le service, afin que les agents de tout grade, au lieu de perdre un temps immense en détails aussi fastidieux qu'inutiles, s'occupent sérieusement à combattre la fraude et à faire fructifier l'impôt.

2° Exiger des employés de l'Enregistrement et des domaines, *des employés supérieurs notamment*, ce que Napoléon Ier exigeait des employés en général : *qu'ils soient capables, et qu'ils gagnent réellement le pain administratif à la sueur intellectuelle de leur front.*

3° Par suite, et à l'aide de l'action gouvernementale sur les juges de paix, lesquels nomment presque toujours des tiers-experts contraires aux intérêts du Trésor, empêcher, d'une main vigoureuse, les fraudes de toute espèce, qui, *en matière surtout de successions et de donations, et à raison même de l'élasticité de la loi fiscale*, sont poussées jusqu'à l'impudeur, et paralysent les recettes de l'État. Les chefs, en effet, pour s'épargner du travail, et plus d'une fois peut-être pour d'autres motifs, transigent avec les redevables à des conditions trop souvent désastreuses pour les finances publiques.

Qu'il nous soit donc permis d'appeler spécialement sur l'administration de l'Enregistrement et des Domaines, *l'attention personnelle de Sa Majesté Impériale.*

Paris.— Imp. Blondeau, r. du Petit-Carreau, 32.

TABLE DES MATIÈRES.

Pages.

A sa Majesté Napoléon III, empereur des Français. — Quelques explications préalables...................................... 1

Le Mariage de l'Empereur................................. 3

L'Impératrice des Français.............................. 5

Le Suicide.. 6

Moyens de faire rendre à l'impôt de l'Enregistrement et du Timbre *dix millions de plus par an*........................ 9

Notes et développements................................. 12

Résumé de nos critiques fiscales........................ 16

www.ingramcontent.com/pod-product-compliance
Lightning Source LLC
Chambersburg PA
CBHW061512170626
46811CB00004B/1713